TOLTEKISCHER HERRSCHER VON TULA

MIXCOATL UND CHIMALMA

# Von David Jacquez

Aus dem Englischen von
Stephan Waba
Toltekischer Herrscher von Tula Mixcoatl
und Chimalma

Eine Geschichte über die Weisheit einer Frau und das
kriegerische Herz eines Mannes, den sie unterweisen muss,

sodass er seine Rolle als Herrscher besser versteht, indem er die wahre Bestimmung unseres Daseins erkennt.

Eine alte Zivilisation vermittelt
Wissen
für eine neue Welt von

David M Jacquez

 WIDMUNG

DIESES BUCH IST MEINEN ELTERN GEWIDMET

RAYMUNDO JACQUEZ SR. UND

RUTH TOWNS JACQUEZ

Die Vermittlung von Nächstenliebe und Mitgefühl nahm ihren Anfang in ihrem Haus.
Dieses Buch wurde herausgegeben von

Toltec books

MESOAMERICAN WISDOM

# TOLTEC BOOKS

# VORWORT DES AUTORS

Die Geschichte der Menschen in der Neuen Welt wurde bisher kaum erzählt. Ihre Legenden, Kultur, Philosophie und Religion wurden weitgehend vernachlässigt. Vor allem die Geschichte der alten Zivilisationen in Mexiko.

Dies wurde von den Spaniern in Mexiko absichtlich betrieben. Die Spanier wollten so viel wie möglich zerstören, um alle Beweise dafür auszulöschen, dass die Ureinwohner Mexikos einst ein geeintes Volk mit einer eigenen Sprache, Kultur und Geschichte waren.

Ihre Bücher wurden verbrannt, die Herrscher getötet und die prächtigen Gebäude in den alten Stadtstaaten dem Erdboden gleichgemacht. Die Spanier wollten keinesfalls, dass sich das mexikanische Volk wieder als rechtmäßiger Besitzer dieses Landes betrachtete.

Dennoch wurden die Legenden und die Geschichte Mexikos durch mündliche Überlieferung, durch Eingeborene, die in Spanisch und Nahual schrieben, und durch spanische Priester, die diese Geschichte und Kultur nutzen wollten, um die Eingeborenen zum Christentum zu bekehren, bewahrt.

Ich habe dieses Buch geschrieben, um dieses Wissen, das in verschiedenen Formen noch vorhanden war, ans Licht zu bringen. Das Wissen der mexikanischen Schamanen, die noch immer von lebendiger Energie und der trügerischen Natur unserer Existenz sprechen.

In Kodizes, die als Reproduktionen erworben werden können.

Außergewöhnliche Bücher, die von den Priestern geschrieben wurden, die die Weisen, die Herren des Landes und diejenigen, die an den Schulen lehrten, die vor der Ankunft der Spanier existierten, um sich scharten.

Ich habe mehrere Jahre damit verbracht, die Kodizes und Bücher zu sammeln, die verfügbar waren und immer noch sind. Während ich diese Geschichten las und kennenlernte, wurde mir klar, dass ich diese Geschichten als Theaterstücke und später als Romane zu Papier bringen musste.

Schließlich kam der Tag, an dem ich mir sagte, dass es an der Zeit sei, das zu tun, was alle Schriftsteller tun müssen, nämlich sich hinzusetzen, Papier in die Hand zu nehmen und Tinte auf das Blatt zu bringen.

Sie halten nun das Ergebnis meiner Bemühungen in der Hand. Ich hoffe, Sie genießen die Lektüre.

# DIE PHILOSOPHIE MESOAMERIKAS

Dieses Buch soll die Türen Ihrer Wahrnehmung aus den Angeln heben. Damit soll sich Ihr Unterbewusstsein für neue Wege des Denkens und „Sehens" öffnen. Denn darum geht es in diesem Buch gewissermaßen. Das werden Sie feststellen, wenn Sie die Geschichte der toltekischen Herrscher von Tula lesen. Sowohl Mixcoatl als auch sein Sohn, One Reed. Sie werden erfahren, wie die Weisheit der Frauen, die mit ihnen lebten, sie auf ihrem Weg zu einem tiefen Verständnis der wahren Natur der Wirklichkeit leiten würde. Pythagoras glaubte an die Existenz einer Seele. Er glaubte, dass es eine lebendige Energie gibt, die nicht zerstört werden kann, und dass Seelen zurückkehren können.

Derjenige, der den Überzeugungen der alten Völker Mesoamerikas am nächsten kam, war Heraklit. Er glaubte, dass ein ständiger Prozess von Trennung und Einheit die wahre Natur unserer Existenz darstellt. Heraklit war der Ansicht, dass die wahre Natur der Welt, die wir wahrnehmen, ein ständiger Wandel ist, ein Fluss in ständiger Bewegung. Ein Glaube, den auch das Prinzip von Ying und Yang in den Lehren von Lao Tzu, wie sie im Tao Te Ching niedergeschrieben sind, vertritt. Dieser Gedankengang setzte sich in den Schriften von Bergson und Whitehead fort, die lehrten, dass es ein Prozess und keine Materie ist, die man untersuchen muss, um unsere Existenz zu verstehen.

Parmenides von Elea glaubte, dass alles, was existiert, Teil eines ungeteilten Ganzen ist. Alles, was existiert, ist eine Einheit, ungeteilt und ändert niemals seine wahre Natur. Trennung ist eine Illusion, glaubte er. Und schließlich die Schamanen Mexikos, die ich in Los Angeles und in San Jose, Kalifornien, getroffen habe. Sie lehren immer noch, dass es eine ungeteilte Energie gibt, von der alles ein Bestandteil ist.

Andere mögen ähnliche Wahrheiten im Hinduismus, Buddhismus, Zen und Taoismus finden. Die Weisheit, von der Sie in diesem Buch lesen werden, spiegelt sich in vielen Denkmustern wider, die an verschiedenen Orten auf der Erde entstanden sind, so wie sie es auch in der Neuen Welt taten.

Die Geschichten, oh die Geschichten, auf die ich stieß, als ich begann, über die alte Zivilisation Mexikos zu lesen. Ich war fasziniert von einer Welt, die sich so sehr von den griechischen und römischen Göttern unterschied, über die ich gelesen hatte.

Ganz anders als die Geschichten über die nordischen Götter Oden und Thor oder die Erzählungen über König Artus aus Frankreich und den englischen Überlieferungen.

Als ich mich tiefer in die Geschichte und Mythologie Mesoamerikas und der Maya-Völker vertiefte, stieß ich immer wieder auf die Geschichte eines berühmten toltekischen Herrschers, der in der Sprache der Nahual als Ce Acatl Topiltzin bekannt war. Übersetzt heißt das: One Reed, Unser Liebster Prinz. In der Sprache der Maya war er als KulKucan oder Gucumatz bekannt. One Reed war auch bei vielen anderen ethnischen Gruppen in Mexiko und Mittelamerika bekannt. Es gab viele Versionen darüber, wie One Reed zurückkehren würde. Eine Geschichte besagte, dass One

Reed auf einem Boot nach Osten gesegelt war. Eines Tages kehrte

x

er aus den großen Gewässern des Ostens zurück. In anderen Geschichten hieß es, er habe die Reichtümer von Tula mitgenommen und sich tief in eine Höhle zurückgezogen, wo er immer noch auf den richtigen Zeitpunkt für seine Rückkehr warte. Es war One Reed, von dem die Azteken glaubten, er sei zurückgekehrt, als Cortez in Mexiko ankam.

Es gibt nur wenige Zivilisationen, die sich aus eigener Kraft weiterentwickeln. In der westlichen Hemisphäre sind es die Olmeken, das Volk von Teotihuacan und die Stadtstaaten im Tal von Mexiko. Die Mayas im Süden von Mexiko. Die Inka und andere Hochkulturen in Südamerika. Dieses Buch befasst sich nur mit den Tolteken, es gibt noch so viele Geschichten zu erzählen.

# INHALTSVERZEICHNIS

---

# kapitel 1

# DER HOHEPRIESTER

Die Jugendlichen aus den Stadtstaaten von Anahuac versammelten sich auf dem großen Platz vor dem Palast des Herrschers von Texcoco Nezahualcoyotl, der Gastgeber der Aufführung des Lebens von One Reed war.

Zu Fuß und mit dem Kanu waren die großen Herren und Damen gekommen und hatten ihre Kinder mitgebracht. Niemand wollte sich die Gelegenheit entgehen lassen, an den Wettbewerben in Poesie, Gesang und Tanz teilzunehmen. Auch die Jugend war gekommen, um die Pracht von Texcoco mit seinen Gärten, Vögeln und Tiergehegen zu sehen. Sie kamen aus allen bekannten Ländern zusammen, um den Herrscher zu sehen, um seine Luft einzuatmen.

Nezahualcoyotl, der berühmte Herrscher von Texcoco, der die großen Brücken gebaut hatte, die die Stadtstaaten an Land mit den Inseln in den Seen verbanden. Nezahualcoyotl war es auch, der die Dämme entworfen und gebaut hatte, die das Süßwasser aus den Bergen davon abhielten, sich mit dem Salzwasser der Seen zu vermischen. Es wurden auch große Aquädukte gebaut, um Wasser zum Trinken und Baden zu seinen Palästen zu bringen. Außerdem wurden auch die Häuser des Volkes mit Wasser versorgt. Die Paläste von Nezahualcoyotl waren von enormer Größe, mit Sälen, in denen dreihundert

Menschen Platz fanden, und Räumen, in denen die großen Herren des Landes verweilen und sich in Gedichten und lebhaften Diskussionen ergehen konnten.

Die Bibliothek bestand aus den Büchern und der mündlichen Überlieferung vieler Völker, darunter die Mixteken, Maya und die

Nachfahren der Olmeken, die Teotihuacaner und Tolteken. Das Volk von Texcoco behauptet, ein Teil der Tolteken zu sein, die sich nach dem Fall von Tula im Tal von Mexiko niederließen.

Die Schulen von Texcoco durften nur diejenigen Jugendlichen besuchen, die die größten Fähigkeiten zeigten. Sogar die Kinder der Adligen mussten mit den Kindern des Volkes konkurrieren, die vielversprechend als Anführer und Lehrer der alten Weisheit der Tolteken erschienen. Viele Herrscher bezeichneten Texcoco als die Wiedergeburt Tulas.

Sie alle versammelten sich, um an den Poesie-, Gesangs- und Tanzwettbewerben teilzunehmen und dem Schauspiel beizuwohnen, das zur Feier der Geburt von One Reed, dem Quetzalcoatl seiner Zeit, aufgeführt wurde. Es ist das Jahr 920 n. Chr., wie es später in den Geschichtsbüchern festgehalten wurde, die von der Jugend von Anahuac verfasst wurden, die das Schreiben auf Spanisch gelernt hatte.

Die Priester jeder Stadt knieten in der Mitte der Reihen der Jugendlichen, um die Männer und Frauen voneinander zu trennen und ihr Schweigen zu gewährleisten.

Die Herrscher und Gebieterinnen der Stadtstaaten saßen an den Seiten des großen Platzes.

Die älteren Männer, die ihre Umhänge als Zeichen der Bescheidenheit im Alter zusammengebunden hatten, verneigten sich und berührten die Erde, als der Hohepriester von Texcoco aus der großen Halle trat und signalisierte, dass der Herrscher von Texcoco, Nezahualcoyotl, bald folgen würde. Die Ältesten, die den Herrscher ernannt hatten, und die ehrenvollen Krieger verneigten sich ebenfalls und berührten die Erde, um Nezahualcoyotl zu ehren und der Mutter Erde für ihre Fülle und Schönheit zu danken.

Reihen von großen irdenen Töpfen, gefüllt mit Blumen in allen Farben, die in diesem Land bekannt sind, umringten das Volk. Der Duft der Blumen wehte in der Brise und vermischte sich mit dem Duft der Blumen in den Händen der Menschenmenge.

Zwei riesige Steinadler saßen auf beiden Seiten der Stufen, die zum Eingang des Palastes führten. Die Herrschaften ließen sich nieder, bereit, die Geschichte noch einmal so zu hören, wie sie sie in ihrer Jugend kennengelernt hatten.

Die Söhne und Töchter der großen Herren und Damen nahmen den mittleren Bereich des Platzes ein. Die jungen Männer saßen mit ihren bestickten Umhängen und passenden Lendentüchern auf ihren Matten, die jungen Frauen trugen Kleider, die mit Blumen und Schmetterlingen bestickt waren. Andere trugen weiße Kleider, die an Schultern, Hals und Po mit Blumen verziert waren. Alle Frauen knieten auf ihren Matten. Jede von ihnen war durch Sitte, Tradition und die strengen Blicke der Krieger und Matronen, die immer anwesend waren, von der anderen getrennt.

Alle verhielten sich ruhig. Der Herrscher von Texcoco, Nezahualcoyotl, trat aus dem großen Saal, als die Tür von einem Herrscher der Otomi-Völker geöffnet wurde, der die Ehre hatte, dem Herrscher von Texcoco zu dienen. Dann schritt er die Stufen hinunter zu seinem geschnitzten Holzstuhl. Nezahualcoyotl trug einen bestickten Umhang aus miteinander verbundenen Dreiecken mit Federn, die den Rand des Umhangs in leuchtendem Grün färbten. Sein Lendenschurz passte zu seinem Umhang, wie bei allen Männern. Sein Umhang wurde mit langen Bändern zusammengebunden, die von einer Schulter herabhingen.

Ein goldener Ohrring und ein goldener Nasenstecker reflektierten die Sonne, als der Herrscher von Texcoco sich auf dem ersten Treppenabsatz auf den Thron setzte.

Auf dem Treppenabsatz, der zum großen Saal führte, befanden sich auf der ersten Ebene über dem Platz goldene Wasserschalen, damit man sich die Hände waschen konnte, bevor man den Palast betrat.

Nezahualcoyotl hob seinen Stab, um die Aufmerksamkeit der Anwesenden zu wecken. „Willkommen, meine Herrschaften von Anahuac. Ihr habt mir das Privileg verliehen, Euch zu dienen. Wieder einmal wird Texcoco die Feierlichkeiten der Herrschaft von One Reed abhalten. Der größte Herr, der je in diesem Land gewandelt ist."

Der Herrscher von Texcoco fuhr fort: „Die Priester und das Volk sind gekommen, um unserer Jugend die Geschichte von One Reed, dem weisesten Herrscher seiner Zeit, zu überbringen. Hört zu und lernt von unserem lieben Prinzen, wie er das

Gewerbe der großen Stadt Teotihuacan wieder aufbaute. Er, der die alte Weisheit unserer grenzenlosen Einheit zurückbrachte. Hört zu, und seht, wie die Akteure vor Euch sein Leben aufführen." Der Herrscher von Texcoco setzte sich und ließ das Stück beginnen.

Der Hohepriester, der die weißen Gewänder derjenigen trug, die die Weisheit von Ometeot lehren, trat auf. Auf dem Kopf trug er ein Tuch in Form einer Muschel und eine verspiegelte Fläche bedeckte die Mitte seiner Brust. Er stand auf der Bühne mit vier geschnitzten Holzsäulen, die die vier Himmelsrichtungen darstellten und die Ecken der Bühne markierten, so wie sie die wahrgenommene Welt begrenzten. Ihre Spitzen befanden sich auf Höhe von Nezahualcoyotl, dem heutigen Tlatoani von Texcoco.

Der Hohepriester gab das Signal zum Erklingen der Muschelschalen und zum Beginn der Trommelschläge, um den Beginn des Stücks anzukündigen.

„Männer und Frauen von Anahuac, kostbare Kinder der Jade, wir haben uns an diesem Tag versammelt, um die Geburt von One Reed, Unserem Liebsten Prinzen, zu feiern." Er schaute einen
Moment lang alle Jugendlichen vor ihm an und forderte ihre Aufmerksamkeit mit seinen Augen.

„Lange hat er in der Erinnerung unseres Volkes gelebt", sagte der Priester nun leise. „Sein Geburtsname war One Reed, aber nach einiger Zeit nannten ihn alle Topiltzin, Unseren Liebsten Prinz. One Reed war der Herrscher des toltekischen Volkes und seiner Hauptstadt Tula. Ich küsse die Erde und die

Fülle ihres Wesens zum Dank dafür, dass alle diese Tage genießen und im Licht und in der Weisheit von One Reed leben können." Der Priester drehte sich um und wies mit seinem Arm auf alle Akteure, die die Rollen im Leben von One Reed spielen würden. Sie alle traten vor.

„Hier werdet Ihr sehen, wie sich sein Leben vor Euch entfaltet." Dann traten die Spieler zurück in den Hintergrund.

„Zuerst werde ich Euch die Mutter von One Reed und eine Hohepriesterin von Ometeotl vorstellen."

Der Priester blickte auf die jungen Herren und Damen des Landes und begegnete den Augen vieler, als sie ihn ansahen. Der Priester schnupperte an den Blumen in seiner Hand, während er den Trommeln signalisierte, wieder zu erklingen. Alle beruhigten sich. Der Hohepriester hielt den Stab der Macht hoch.

Er hielt den Stab hoch und sprach mit einer Stimme, die die Aufmerksamkeit der großen Herren und Damen erregte. Etwas, das von ihren Kindern sofort bemerkt wurde. „Wir haben uns versammelt, um One Reed für die Weisheit, die Kenntnisse und das Handwerk zu preisen, die er den Menschen geschenkt hat. Seht und hört zu, wie dieses Stück aufgeführt wird, so wie es schon seit vielen Generationen der Fall ist." Die Stimme des alten Priesters hallte in den Köpfen vieler Jugendlicher wider, die verblüfft und erschrocken schienen, dass jemand in ihre Köpfe eindringen konnte. Die Ältesten lächelten ihren Kindern zu, die gerade ihre erste mentale Verbindung mit dem alten Priester erlebt hatten.

Der Priester öffnete seine Hände: „Ich bin hier, um Euch, unsere Jugend, die Geschichte von One Reed, dem Herrn von Tula, und dem Quetzalcoatl seiner Zeit zu vermitteln." Er hielt einen Moment inne, um die Aufmerksamkeit der Menge auf sich zu ziehen, während einige Mitglieder des Rates von Texcoco, große Krieger, die den Palast bewachten und die jungen Männer auch in der Kunst des Krieges unterrichteten, ihren Platz einnahmen.

„Ich werde Euch erzählen, wie Mixcoatl, der Herrscher der Tolteken, eine Frau namens Chimalma kennenlernte, die er zu seiner Frau nehmen wollte."

Ein Mann trat aus der Dunkelheit der Hinterbühne hervor. Es war Mixcoatl, der Vater von One Reed. Eine junge Frau, die ein Hirschfell trug und einen Bogen und Pfeile bei sich hatte, trat aus der Dunkelheit hervor. Es war Chimalma, die zukünftige Frau von Mixcoatl.

„Nun werde ich Euch von Mixcoats Liebe zu Chimalma erzählen, einer Priesterin von Teotl, dem Gott der Nähe und der Ferne. Ihr werdet von ihrer Begegnung hören. Dann von einer Vereinigung, die ein Kind des Schicksals hervorbringen würde, das der
Herr dieser Länder werden würde. Um unser Volk zu führen."

Der Mann, der die Rolle von One Reed spielen würde, trat vor.

„Hier seht Ihr die Geschichte von One Reed, wie sich sein Leben vor Euch entfaltet." Der Priester verbeugte sich, als der Mann an den Rand der Bühne trat, und blieb dort stehen. „Ihr werdet von der Frau hören, die One Reed liebte, die heidnische

7

Xochi. Und von der Wahl des Geistes, die sie zu treffen hatte."
Xochi trat heraus, als ein Ausdruck der Liebe von ihr die Gesichter derer bedeckte, die die Geschichte kannten. Sie schritt weiter vorwärts, bis sie neben One Reed stand.

Der Priester richtete sich zu seiner vollen Größe auf: „Und von denen, die versuchen würden, ihn zu töten. Cuilton, der Usurpator des Throns", rief er, als Cuilton nach vorne trat, dann wieder in den Schatten zurück.

„Und von Zolton, der den Gott des Krieges anbeten und eine Welt des Elends schaffen würde."

Zolton trat vor, dann wieder zurück. Der Priester hielt einen Moment inne, damit das Volk sich beruhigen konnte, während es sich über das Böse von Zolton beklagte.

„Hört zu und seht das Wunder und die Herrlichkeit eurer Geschichte und die Weisheit eurer Vorfahren."

---

# kapitel 2

## AM WASSERFALL

Mixcoatl überblickte den Horizont mit Blick auf das neue Land, das er erobert hatte. Yaotl stand neben Mixcoatl und hielt den zweiköpfigen Hirsch als Banner und Totem der Krieger von Tula. Viele siegreiche Feldzüge über zwei Jahre hinweg hatten fünf Stadtstaaten unter die Herrschaft der toltekischen Völker gebracht. Mixcoatl, der große Herrscher der Tolteken, trug die Uniform eines Adlerkriegers und blickte auf die Maisfelder und die Berge in der Ferne. Zwanzig Jaguarkrieger folgen ihm.

Mixcoatl und Yaotl erblickten beide einen Regenbogen über einem Wasserfall und bewegten sich auf das Geräusch des herabstürzenden Wassers zu. Mixcoatl sah Chimalma nackt unten im Nebel. Mixcoatl winkte Yaotl zurück und trat auf den Rand der Klippe zu. Unter dem Wasserfall tanzten Lichter auf ihrem Körper, während der Wind das Wasser über sie schob um sie zu bedecken und die Sonne auf sie schien, sodass es schien, als sei sie eine Dame aus Licht. Mixcoatl stand wie gebannt da und beobachtete sie.

Mixcoatl deutet mit seiner Hand auf Yaotl, seinen Standartenträger: „Tritt zurück".

Yaotl trat zwei Schritte zurück. „Was siehst Du?"

Mixcoatl betrachtete die Frau: „Ich habe noch nie eine solche Anmut und Schönheit gesehen".

Mixcoatl machte zwei Schritte vorwärts und Chimalma hielt inne, als würde sie zuhören. Yaotl setzte sich in Bewegung, als Mixcoatl ihn mit seiner Hand zurückwinkte.

Yaotl fragt erneut: „Was siehst Du?"

Mixcoatl antwortete nicht. Er bewegte sich vorwärts, als Chimalma ihn sah und ihre Kleidung ergriff.

Mixcoatl erhob sich: „Ich bin Mixcoatl, der Herr dieser Länder. Deine Stadt, Tepoztlan, hat sich meinen Armeen unterworfen. Du bist jetzt mein Untertan. Du musst dich meinem Willen beugen."

Chimalma ließ ihre Kleidung fallen, die sie vor sich gehalten hat, und griff nach ihrem Bogen und ein paar Pfeilen. „Ich verbeuge mich vor niemandem." Chimalma schos einen Pfeil ab und Mixcoatl wich ihm aus. Sie stand da wie eine Kriegsgöttin in ihrer Jugend, trotzig mit ihren Kriegswaffen an ihrer Seite.

Mixcoatl rief: „Wer bist Du?"

„Ich bin Chimalma, Schild in der Hand. Denn ich möchte mich vor der Schande durch die Hände eines Mannes schützen."

Als Herrscher war Mixcoatl empört, dass eine Frau so respektlos mit ihm sprach.

Mixcoatl: „Eine solche Respektlosigkeit gegenüber deinem Herrn und Meister! Dann schütze deine Hand und deinen Körper vor meinen Pfeilen."

Mixcoatl schoss schnell nacheinander drei Pfeile auf Chimalma, weil er glaubte, dass die Pfeile, die an ihr vorbeiflogen, sie erschrecken würden. Chimalma wich einem Pfeil aus, blockte einen Pfeil mit ihrem Bogen ab und fing den letzten Pfeil mit ihrer Hand auf, um ihn dann zu Boden fallen zu lassen. Mixcoatl stand fassungslos und erstaunt da.

Chimalma ergriff einen Pfeil und schoss damit Mixcoatl die

hölzerne, mit scharfen Obsidianklingen besetzte Kriegskeule aus der Hand. Dann drehte sich Chimalma um und lief davon.

Mixcoatl: „Versammelt die Herrscher von Tepoztlan und sagt ihnen, dass diese Frau, diese Chimalma, sich meinem Willen unterwerfen muss."

———

# kapitel 3

## MIXCOATL VERSAMMELT DIE MENSCHEN

„Herr, dies sind die Ratsherren von Tepoztlan", sagte Yaotl, während sein Arm einen Bogen vor ihm spannte.

Drei Ratsherren stehen da, trugen ihre mit blauen Federn geschmückten Gewänder, die Insignien ihrer Stadt und ihrer Autorität. Der oberste Ratsherr hielt einen geschnitzten Holzstab mit einem goldenen, geschwungenen Kreuz an der Spitze. Passend dazu trugen sie eine goldene Halskette mit demselben Kreuz um den Hals. Ihnen folgen die Krieger und Kaufleute von Tepoztlan, die fünf Schritte hinter ihnen standen, um die Regeln zu erfahren, nach denen sie nun leben mussten.

Die Ratsherren verbeugten sich und berühren die Erde.

Mixcoatl, der auf seinem Thronsessel saß, sagte: „Ihr beugt euch meinem Willen und berührt die Erde, um euren Respekt zu zeigen. Ihr habt Euch als meine Vasallen angeboten, um Euer Volk vor weiteren Kämpfen zu bewahren."

Achcauhtli, oberster Ratsherr: „Es ist wahr, großer Herr. Wir stehen hier vor Euch. Wir sind ein gewöhnliches Volk. Wir sind dem Tod und der Zerstörung ausgeliefert, denn wir sind Sterbliche.

Wir sind besiegt worden! Wir beugen uns Eurem Willen."

Mixcoatl: „ Ihr hab versprochen, jedes Jahr Tribut zu zahlen und Krieger zur Verfügung zu stellen, wenn es nötig ist."

Achcauhtli, oberster Ratsherr: „Es ist so, wie Ihr sagt. Ihr habt Euren Bogen niedergelegt. Ihr habt den Maiskolben geschält, um zu zeigen, dass Ihr unser Volk ernähren und schützen werdet. Wir

haben Ihnen unseren Gehorsam geschworen."

Mixcoatl: „Welchen Tribut wollt Ihr anbieten?"

Achcauhtli sprach mit fester Stimme: „Wir werden einen Teil unseres Landes für Eure Getreuen ernten. Wir weben die Decken und Kleider für Eure Untertanen und folgen dem Ruf in den Krieg."

Mixcoatl legte seine Hand auf sein Schwert: „Ihr wisst auch, wen ich suche!"

Achcauhtli blickte erst zu den anderen Ratsmitgliedern und sagte dann mit leiserer Stimme: „Wir wissen, wen wir suchen sollen. Die Frau, die als Schild in der Hand bekannt ist, Chimalma."

Mixcoatl erhob sich von seinem Thronsessel: „Warum ist sie in den Künsten des Krieges ausgebildet worden?" Die Ratsmitglieder zögerten einen Moment, als Mixcoatls Zorn aufstieg und er schrie: „Antwortet mir! Noch nie hat ein Krieger meine Kriegskeule aus meiner Hand geschossen. Und schon gar nicht eine Frau."

Achcauhtli: „Sie ist die Tochter des Hohepriesters und der Priesterin unserer Religion. Sie ist bekannt als das sich selbst erschaffende Wesen, Ometeotl."

Mixcoatl: „Ich habe von Eurem Gott gehört."

Achcauhtli: „An ihrem Namenstag wurde sie in den Tempel gebracht, damit man ihr Schicksal erfährt."

Mixcoatl: „Und welches Schicksal wurde ihr vorausgesagt?"

Achcauhtili: „Als man sie zum Orakel brachte, um ihr Schicksal im Buch der Tage zu lesen, wurde ihr vorausgesagt, dass sie entweder die Frau eines großen Fürsten oder eine Hure werden
würde."

Einige von Mixcoatls Kriegern begannen zu lachen.

Yaotl hielt das Banner hoch und begann es auf und ab zu bewegen: „Das Orakel muss gewusst haben, dass unser Herr kommt." Die Krieger lachten erneut.

Mixcoatl: „Was sagst Du da?"

Achcauhtli: „Es geschieht nun, wie es vorhergesagt wurde. Ihr seid hier, großer Herr."

Mixcoatl blickte in die Menge: „Man hat ihr befohlen, zu erscheinen. Warum ist sie nicht hier?"

Achcauhtli: „Chimalma hat sich nie mit ihrem Schicksal abgefunden und hat sich in der Kunst des Kriegers geübt. Ihre Pfeile verfehlen ihr Ziel nie. Sie läuft so trittsicher wie der Jaguar und so flink wie der Hirsch. Sie kennt die Canyons und tiefen Wälder besser als die meisten Männer. Wir haben sie rufen lassen, dass sie erscheinen soll. Sie hat sich jedoch nicht gezeigt."

Mixcoatl: „Dann werde ich sie fangen, wie ich jeden Jaguar fange, mit einem Köder. Habt Ihr Chimalmas Eltern hergebracht, wie es Euch befohlen wurde?"

Achcauhtli: „Holt sie."

Die Eltern von Chimalma, Cipaltonal, ihr Vater, das Licht des Drachen, und Oxomo, die Mutter von Chimalma, erschienen. Sie kamen beide heran, küssten die Erde und führten zwei Finger an ihre Lippen.

Cipalonal: „Wir sind hier, Herr. Um zuzuhören und zu gehorchen. Wir wollen nicht, dass Chimalma oder unser Volk zu Schaden kommt."

Mixcoatl mit strenger Stimme: „Man hat Chimalma mitgeteilt, dass Ihr und Euer Volk bei Sonnenaufgang unterworfen sein werden. Ist ihr das egal?"

Cipalonal: „Die Nachricht wurde uns übermittelt, großer Herr der Tolteken, sie wird sich nur Euch ergeben, und nur Euch allein. An dem Wasserfall, an dem Ihr sie zum ersten Mal gesehen habt. Sie ist jetzt dort. Sie führt ihr tägliches Ritual der Reinigung durch.
Sie ist eine Priesterin unseres Ordens."

Mixcoatl, mit einer unterschwelligen Lust in der Stimme, „Hat sie keinen Mann?"

Oxomo: „Nein, Herr. Sie hat noch nie neben einem Mann gelegen."

Mixcoatl: „Yaotl, Du und nur Du sollst mir folgen."

---

# kapitel 4

# CHIMALMA – HURE ODER DAME

Es war noch immer Morgen, als das Licht der Sonne wieder einmal flackernde Lichter warf und das Wasser von Chimalmas Körper abprallte, als sie sich unter dem Wasserfall wusch. Es war, als hätte die Sonne beschlossen, ihr einen leuchtenden Heiligenschein aufzusetzen, um ihre Schönheit zu unterstreichen. Mixcoatl kam näher, während Chimalma so tat, als würde sie ihn nicht sehen.

Mixcoatl machte noch ein paar Schritte nach vorne: „Ich bin gekommen, um Dich zu ergreifen und als mein Eigentum zu halten", rief er, als er auf sie zukam. Sein Gesicht schien sich bereits auf die kommenden Nächte zu freuen.

Chimalma badete weiter und schenkte Mixcoatl keine Beachtung.

Mixcoatl rief erneut: „Ergib dich meinem Willen!"

Chimalma schrie zurück: „Habt Ihr Angst vor dem Wasser? Ist es zu kalt für Euch? Wollt Ihr nach Tepoztlan zurückkehren und sagen, Ihr wolltet nicht nass werden? Dass Wassertropfen von einem Wasserfall Euch davon abgehalten haben, Eure Frau zu ergreifen?"

Yaotl, der das Banner des zweiköpfigen Hirsches in der Hand hielt, lachte einen Moment lang, aber ein strenger Blick von Mixcoatl bewog ihn, still zu sein.

„Haltet mir Eure Männer vom Leib", rief Chimalma. „Es ist nicht richtig, dass ein Mann eine Priesterin bei ihrem täglichen Ritual der Reinigung und Läuterung sieht."

Mixcoatl rief Yaotl zurück. Chimalma, die aus der Gischt des Wasserfalls auftauchte: „Ihr kennt jetzt mein Schicksal. Ich spüre es in Euch. So wie ich das Verlangen in Euch spüre." Sie ergriff ein Handtuch und trocknete sich ab, als sie erneut das Verlangen im Gesicht und im Geist von Mixcoatl aufsteigen sah.

Mixcoatl lachte, als er Chimalma ansah. „Dann kannst Du die Gedanken von vielen Männern lesen. Denn es gibt viele, die mit Dir schlafen wollen."

Und mit einem Blick und einer Stimme voller Spott: „Wie kann das sein? Ich bin kein Narr, der an Deine Lügen oder Fabeln glaubt.

Du spürst nichts in mir, Priesterin."

Chimalma strich ihr Haar zurück und hielt inne: „Teotl ist mein Herr. Der Herr über die Nähe und die Ferne. Er ist die Einheit aller Dinge. Ich kenne die Gedanken in Eurem Geist."

„Wenn Du die Wahrheit sagst, was denke ich dann?"

„Ihr gedenkt zu entscheiden, ob Ihr mich zu Eurer Frau oder zu Eurer Hure machen sollt", antwortete Chimalma.

Mixcoatl lachte: „Auch hier kannst Du die Gedanken vieler Männer lesen, denn es gibt viele, die mit Dir schlafen wollen."

„Dann spürt meine Gedanken, wenn ich in Euren Geist eindringe. Aber nicht so, dass Ihr versucht, mit Gewalt in mich einzudringen."

Mixcoatl schrie auf, als er spürte, wie ihr Geist in den seinen eindrang. „Geh mir aus dem Kopf", schrie er, als er spürte, wie sie die Energie ergriff, die die Essenz seines Lebens ausmachte. Er erlaubte ihr, ihren Geist mit seinem zu verbinden.

Chimalma trat einen Schritt nach vorne, stand aufrecht und stolz: „Meine Jugend und Schönheit würden mich zu Eurer Hure machen, aber meine Würde und Weisheit würden mich zu Eurer Frau machen. Ihr seht mich jetzt so, wie es kein Mann zuvor getan hat." Sie öffnete ihre Arme und Hände, die sie seitlich ausbreitete. „Du sprichst in Worten, die jenseits deiner Jahre liegen", sagte Mixcoatl, während sich seine Muskeln entspannten, als sie ihn losließ.

„Ich wurde in unserer Religion unterrichtet und durfte das Teomoxli lesen, das göttliche Buch unseres Volkes. Das gemalte Buch der Roten und Schwarzen", sagte Chimalma, während sie dastand und jeden Ausdruck in seinem Gesicht verstand.

„Warum sollte ich Dich zu meiner Dame, zu meiner Frau machen?", fragte Mixcooatl, jetzt mit einer gewissen Mischung aus Angst und Verwunderung auf seinem Gesicht.

Chimalma sah ihm in die Augen, mit Leidenschaft, Schicksal und Trotz in ihren Augen: „Es ist nicht nur mein Schicksal, sondern auch das Schicksal Eures erstgeborenen Kindes."

Mixcoatl stand fassungslos da angesichts dieser Nachricht, sah nun Chimalma an und fragt sich, ob er eine Hure, eine Hexe oder eine Ehefrau gefunden hatte. Eine große Ungewissheit, die er nicht verstand, schien ihn zu beherrschen.

Mixcoatl fragte: „Ich habe keine Zeit für Rätsel. Was weißt Du über solche Dinge?"

„Dass unsere Vereinigung ein besonderes Kind in diese Welt bringen wird. Ein Kind, das von Teotl gesegnet sein wird," antwortete Chimalma.

Mixcoatl: „Du sagst diese Dinge, damit ich dich nicht zur Hure meines Hauses mache. Du bist eine Meisterin der Lüge und des

Betrugs, Priesterin."

Chimalma: „Dann seht vor Eurem geistigen Auge das Kind unserer Vereinigung."

Mixcoatl fasst sich mit beiden Händen an den Kopf und sah sein Kind, dann schrie er auf.

Mixcoatl: „Ich sehe ihn. Er ist der Drache des Lichts." Wieder rief er: „Ich sehe ihn."

Chimalma: „Ihr müsst Euch jetzt entscheiden. Denn ich spüre andere Männer kommen. Wenn ich Eure Hure sein soll, dann versucht, mich zu nehmen." Chimalma ergriff ihren Bogen und ein paar Pfeile und stand trotzig da, dann senkte sie den Bogen und ihre Stimme.

Chimalma: „Wenn ich Eure Frau sein soll, dann bedeckt mich mit Eurem Umhang und schützt meine Schamhaftigkeit!"

Mixcoatl senkte für einen Moment den Kopf und nahm dann seinen Umhang ab, während er auf Chimalma zuging. Er bedeckte Chimalma mit seinem Umhang, während er ihren Hals küsste. Chimalma drehte sich um und verbeugte sich tief vor ihrem Herrn und zukünftigen Ehemann.

Als Yaotl sich zu Mixcoatl gesellte, erschrak er, als sich die Augen des zweiköpfigen Hirsches öffnen: „Großer Herr, die Götter haben heute gesprochen."

Mixcoatl blickte Yaotl an, der immer noch fassungslos war. Das zweiköpfige Banner bewegte seine beiden Köpfe. Mixcoatl wusste, dass er die richtige Wahl getroffen hatte. Chimalma sollte seine Frau werden. Gleichzeitig wusste Mixcoatl jetzt, dass er seinem Schicksal näher gekommen ist.

kapitel 5

————

## PFADFINDER

Der Priester betrat erneut die Bühne.

Mit einer Stimme, die in den Köpfen der versammelten Herren und Damen widerzuhallen schien, sagte er: „Ihr habt nun das Schicksal von Chimalma erfahren und ihr Schicksal wurde vorhergesagt."

Der Priester trat näher an die Menge heran: „Nun werdet Ihr von der Weisheit unserer Bräuche hören, denn Chimalma hat Mixcoatl in den alten Wahrheiten unterrichtet." Der alte Priester führte Blumen an seine Nase, um an ihrem Duft zu riechen, dem Duft des Lebens. „Ihr seid hierher nach Texcoco gebracht worden, um zu lernen, damit Ihr diese Worte an Eure Brüder und Schwestern weitergeben könnt." Er wandte den Kopf und blickte in die Menge. Er sah traurig aus, als er begann, über Cuilton, den Usurpator, zu sprechen. „Ihr werdet vom Onkel von One Reed erfahren und wie die Gier nach Macht und Reichtum die Herzen der Menschen ruiniert und das Licht von

Ometeotl aus ihrem Leben verdrängt." Cuilton trat aus der Dunkelheit hervor.

„Ihr werdet von dem Verrat des Priesters von Texcatlipoca erfahren, Zolton." Zolton trat aus der Dunkelheit heraus, als der Hohepriester seinen Kopf drehte und zurückblickte, einen Arm zurückwarf und auf Zolton zeigte. Der Priester trat einen Schritt näher an Zolton heran und zeigte immer noch auf ihn. „Zolton, der Euren tiefen Sinn für Gerechtigkeit verletzen wird."

Der Hohepriester blickt noch einmal zu den Mädchen im Publikum. „Ihr werdet von der Liebe von Mixcoatl und Chimalma hören und von der Geburt ihres Kindes, One Reed." One Reed trat aus der Dunkelheit hervor, mit einem Ausdruck alter Weisheit in seinen Augen. „Hört zu und erfahrt die Geschichte von One Reed, Unserem lieben Prinzen. Damit Ihr Euren Kindern und Enkeln von seiner Geburt und seinem Leben erzählen könnt."

---

# kapitel 6

## DIE WEISHEIT VON CHIMALMA

Chimalma und Mixcoatl befanden sich in den Gärten von Tepoztlan.

Chimalma saß neben Mixcoatl vor einem Wasserbrunnen, in der Ferne ein Tempel.

Mixcoatl war irritiert und sagte dann: „Du erzählst mir von Dingen, die mir fremd und unbekannt sind."

Mixcoatl stand auf und schüttelte den Kopf.

Chimalma antwortete auf sein fragendes Gesicht hin: „Die Lehren sind uralt. Man erzählt sich, dass sie zuerst von dort kamen, wo die Gummi- und Kakaobäume wachsen. Die Alten gaben uns die Bildbände, die alte Weisheit, das Wissen um die Sterne, den Kalender."

Chimalma öffnete ein Buch auf ihrem Schoß.

Chimalma sagte dann: „Aus diesem göttlichen Buch haben wir die Weisheiten der Alten gelernt. Sie waren die Männer der Weisheit, die ersten Tlacmatinis."

Mixcoatl: „Du sagst, dass alle Dinge vergänglich und unwirklich sind. Kann man auf der Erde etwas finden, das Substanz hat?
Das von anderen Dingen unabhängig ist?"

Mixcoatl schritt aufgeregt hin und her, während Chimalma das Buch zuklappte.

Chimalma: „Es gibt nur eine heilige Energie, die wir Teotl nennen. Sie ist göttliche Energie in Bewegung. Teotl erweckt den Anschein von getrennten Dingen, doch seine wahre Natur ist eine ungeteilte Einheit."

Mixcoatl tat einen Schritt: „Ich fühle die Erde, während ich gehe. Kühlt der Wind nicht meine Stirn? Und doch würdest du sagen, dass alle Menschen, Pflanzen, Berge ..."

Chimalma beendete seinen Satz: „Eins sind. Aus der gleichen Substanz gemacht. Ihre Verschiedenheit ist eine Illusion. Hast Du die Spiegelungen von Bäumen und Bergen in einem See schon einmal gesehen? Würdest Du solche Spiegelungen einen Baum oder einen Berg nennen? Würdest Du versuchen, einen solchen Berg zu besteigen, der sich im See spiegelt?"

Mixcoatl: „Aber ich kann einen Stein in den See werfen, und ich weiß, dass der Stein echt ist, denn er stört die Spiegelungen." Er lachte: „Wenn ich einen Stein auf einen Berg werfe, wird er dadurch nur noch größer!"

Chimalma lächelte: „Der Stein ist nur für diejenigen real, die in den Spiegel schauen, wenn Du das tust. Teotl ist eine einzige, ewige, sich selbst erschaffende Einheit. Er ist Energie in Bewegung".

Mixcoatl: „Gibt es etwas, das beständig und dauerhaft ist? Besitzt der Mensch keine Wurzeln in dieser Erde?"

Chimalma: „Nicht zwei. Nicht zwei. Nicht zwei."

Mixcoatl: „Du redest wirres Zeug. Was soll das heißen?"

Chimalma: „In allen Universen gibt es keine zwei Dinge, die voneinander getrennt sind. Unsere Welt, unsere Existenz ist die Dualität einer einzigen Wirklichkeit." Chimalma hielt ihre beiden

25

Hände erst verschränkt, dann getrennt. Dann führte sie sie zusammen. „Es gibt nur eine Wirklichkeit. Nicht zwei. Im ganzen Universum, nicht zwei."

Mixcoatl hielt sich für einen Moment die Hände vors Gesicht.

Mixcoatl: „Ich muss über Deine Worte nachdenken. Sie berühren etwas tief in mir, doch Deine Worte widersetzen sich meinem Verstand."

Chimalma stand auf und ergriff die Hand von Mixicoatl. „Lass uns in den Gärten des Tempels spazieren gehen, während die Blumen sich drehen, um die Sonne zu begrüßen …"

Chimalma erhob sich und trug das Buch an ihrer Seite.

Chimalma führte Mixcoatl zu einem kleinen Teich, auf dem wunderschöne Seerosen schwammen, und ein Kolibri nahm einen kurzen Schluck und flog dann davon.

Mixcoatl wandte sich an Chimalma: „Die Gärten sind wunderschön. Ihr Duft ist berauschend und erfrischend. Die Kolibris sind auch gekommen."

Chimalma sagte: „Wir haben diese Blumen gepflanzt, deren Nektar die Schmetterlinge und Kolibris anlockt."

Mixcoatl: „Warum sich die Mühe machen, wenn es nichts Wirkliches gibt? Wenn das, was wir erschaffen, eines Tages wieder verschwindet."

Chimalma antwortete mit einem Lächeln und sagte dann: „Dennoch gibt es Schönheit und den Duft, die Sanftheit der Blütenblätter, die man genießen kann. Das Flattern und die wechselnden Farben der Schmetterlingsflügel. Wenn auch nur für einen Moment, lasst uns die Illusion dieser Welt genießen. Sie ist ein

Geschenk."

Mixcoatl: „Es scheint ein so trauriges Dasein zu sein, das keinen Sinn hat. Dass wir diese Existenz nur träumen."

Chimalma blickte beim Klang eines Vogels auf.

„Der Coyolli-Vogel hat uns Nachrichten vom Schöpfer des Lebens gebracht. Ich werde Dir von seiner Botschaft erzählen", sagte Chimalma.

Mixcoatl: „Ein Vogel soll mich also belehren?"

Chimalma lachte, und ihr Lachen zauberte ein Lächeln auf Mixcoatls Gesicht.

„Ja, ein Vogel kann Dich belehren. Denn alles ist in der Einheit des Herrn unserer Schöpfung, Teotl, erschaffen worden."

„Ich habe Dich diesen Namen schon oft sagen hören. Ist Teotl ein Gott?"

„Der Herr der Schöpfung ist unter vielen Namen bekannt. Teotl ist nur einer von ihnen."

„So viele Namen für ein und denselben Gott", antwortete Mixcoatl.

„Ja! Nichts kann von Teotl getrennt werden. Ometeotl, ein anderer Name, ist nur die unaufhörliche Bewegung der Energie, die den Anschein der Dualität erweckt."

Dann sagte Mixcoatl: „Du hast mir einmal gesagt, es sei, als würden sich zwei Enden eines Stocks um das andere Ende drehen.

Ein Ende links und das andere Ende rechts."

„Und doch bleiben sie ein Stock. Leben und Tod, rechts und links, Mann und Frau, Ordnung und Unordnung, gut und schlecht, Licht – und Dunkelheit; niemals sind sie getrennt", antwortete Chimalma.

Mixcoatl ging um den Teich herum und machte ein paar Schritte. Dann drehte er sich um und rief mit lauter Stimme.

„Ich kann solche Lehren nicht akzeptieren. Alles, was ich wahrnehme, lehrt mich das Gegenteil."

„Es ist wie die verschiedenen Gesichter eines Edelsteins, der Licht ausstrahlt. Und doch wird das gesamte Licht von diesem einen Edelstein reflektiert", sagte Chimalma.

Mixcoatl ergriff ein paar Blumen und schnupperte einen Moment lang daran.

„Ich möchte Dich um etwas Einfaches bitten. Wie soll ich beten?"

„Setz Dich ruhig hin, um den Geist zum Schweigen zu bringen. Atme erst einmal tief durch."

„Ich würde viel lieber bei Dir liegen und die Beschleunigung Deines Atems hören!" Chimalma lächelte und berührte seine Lippen.

„Wenn Dein Geist ruhig ist, wirst Du an vielen Orten Weisheit finden. Im Wind in den Weiden, im Flüstern der Latschenkiefern.
Im Kreischen des Adlers."

„Ich wurde als Krieger von Tula ausgebildet." Mixcoatl erhob sich und ergriff sein Schwert, hielt es hoch und erinnerte sich an die Momente auf dem Schlachtfeld.

Er rief: „Der Stein, das Schwert, der Schild und der Pfeil. Das Leben eines Kriegers besteht darin, den Schlägen auszuweichen, die sicherlich wirklich sind. Ich kann diese Ansichten nicht billigen."

Chimalma senkte den Kopf und schwieg. „Seit vielen Generationen kennen die Menschen in Teotihuacan, Xochicalco und Coyotepec diese Weisheit. Diese Worte sind die Lehren der Ältesten vieler Völker, aus vielen Ländern."

Chimalma griff sich das göttliche Buch von einem Tisch und hielt es in der Hand. Sie verstand die Verunsicherung von Mixcoatl.

Chimalma nickt leicht mit dem Kopf. „Ich konnte solche Dinge eine Zeit lang nicht akzeptieren, wie viele andere auch. Erst als
ich das Wunder und das Licht unseres Herrn sah."

Mixcoatl streckt seine Hände nach dem göttlichen Buch aus, dem Buch der Wahrheit. Chimalma überreicht es ihm. Mixcoatl hielt das Buch in der Hand und blätterte ein paar Seiten durch.

Chimalma griff fast danach, um das Buch wieder an sich zu nehmen, als Mixcoatl das Buch grob öffnete. Chimalma berührt die Hand, die die Seiten umblätterte.

„Bitte, mein Mann, es gibt nur noch drei Bücher, die uns von den Alten überliefert wurden. Die Bücher sind alt."

„Ich werde vorsichtig sein", sagt Mixcoatl, während er die Seiten umschlug. „Es gibt hier nichts, was ich nicht verstehen könnte. Was ist das für eine Schrift?"

„Es wurde in zwei Sprachen verfasst. Die Schriften der Maya und die Bilderschrift der Mixtecos, des Wolkenvolkes."

„Ich weiß nur von den Mayas. Es gibt ein paar Mixtecos, die ich in Chalula getroffen habe, als ich die Händler aus Tula bewachte, die dort Handel trieben."

Chimalma sagte: „Man braucht viele Jahre, um zu lernen, wie man das Buch der Weisheit liest?"

Mixcoatl reichte Chimalma das Buch zurück und blickte ihr in die Augen.

„Wie sollte sich der Herr dieser Länder verhalten? Welchen Rat würde mir die Weisheit unserer Ältesten geben?"

Chimalma ergriff die Hände von Mixcoatl. „Weisheit bedeutet nicht nur, die Natur unserer Existenz zu verstehen, sondern auch, wie man ein Leben auf dieser schlüpfrigen Erde führen kann, wenn man um ihre wahre Natur weiß. Weisheit bedeutet, sich

selbst in anderen Menschen zu sehen."

„Du verwirrst mich nur."

„Wie der Mais müssen wir verwurzelt bleiben und dürfen nicht zulassen, dass der Wind uns verbiegt oder bricht. Wenn wir unsere wahre Natur verstehen, können wir mit dem Herzen und dem Geist von Ometeotl handeln."

Chimalma schritt durch den Garten, pflückte eine Blume und nahm sie in die Hand, während Mixcoatl ihr mit seinen Augen folgte, der Liebe seines Lebens. Chimalma reichte Mixcoatl die Blume, der an ihr roch und sie an sein Herz drückte.

Mixcoatl fragte dann: „Wie soll ein Herrscher regieren, damit er weise und gerecht ist?"

„Ein weiser Mann, ein Tlamatini, ist wie eine Fackel, die nicht raucht. Er ist immer aufmerksam und im Gleichgewicht."

Chimalma warf eine kleine Nuss in Richtung eines Eichhörnchens, das von einem Baum herunterkam und zu ängstlich war, um sich zu nähern.

„Ein weiser Herrscher tröstet das Herz des Volkes. Er gibt den Witwen, den Kindern und den Bedrängten, die in der Nacht schreien, Nahrung und Schutz", sagte Chimalma.

„Das hört sich schon viel brauchbarer an."

Mixcoatl lächelte, pflückte eine Blume und legte sie in die Hand von Chimalma.

„Verantwortungsvoll und vorsichtig, wie ein Arzt, der heilen und nicht schaden will. Der weise Herrscher lehrt die Menschen, miteinander zu leben und zu arbeiten." Dann fuhr Chimalma mit sanfter Stimme fort. „Wir sind soziale Wesen, die einander brauchen, um im Gleichgewicht zu bleiben. Der Frieden und die Einheit

aller ist Deine größte Aufgabe."

Chimalma trat näher an Mixcoatl heran.

„Der weise Mann ist derjenige, der weiß", er hielt einen Moment inne, „wann er die Frau seines Lebens gefunden hat."

Chimalma lächelte und legte alle Blumen in Mixcoatls Hand.

Chimalma drehte sich um und trat näher an Mixcoatl heran, während sie ihm noch einmal tief in die Augen sah. „Der weise Herrscher weiß, dass man vier Jahre lang Vorräte anlegen muss, um das Volk vor einer Hungersnot zu schützen."

„Und wie verhält sich ein großer Herrscher im Alltag?"

Chimalma antwortete: „Fall deinem Volk nicht zur Last. Iss und schlafe so viel wie nötig und nur so viel. In allen Dingen musst du maßvoll sein."

Chimalma pflückt eine weitere Blume.

„Der weise Herrscher weiß, dass wir die Wunder und die Schönheit, die uns gegeben wurden, in diesen Tagen unseres Lebens genießen und schätzen sollten."

Mixcoatl ergriff die Hüften von Chimalma und zog sie näher an sich heran.

Mixcoatl küsste Chimalma, dann blickte er zu denen, die eingetreten waren und auf seine Aufmerksamkeit warteten: „Der weise Herrscher muss sich um seine Pflichten kümmern. Das weiß ich. Und deshalb muss ich jetzt gehen", sagte Mixcoatl.

Mixcoatl macht sich auf den Weg, um seine Pflichten zu erfüllen. Chimalma näherte sich Mixcoatl, als dieser zu ihr sagte: „Du bist meine Lehrerin, meine Frau." Laut verkündete er: „Das ist die Herrin dieses Landes." Dann leise: „Nur um bei Dir zu sein." Mixcoatl küsste Chimalma noch einmal. „Alles ist so friedlich hier."

Als sie einander umarmten, legten sich ihre Arme umeinander und die Blumen fielen aus ihren Händen auf den Boden.

---

# kapitel 7

# DER PLAN VON CUILTON UND ZOLTON

Ein Bote eilte erschöpft in die Palastkammer in Tula, doch er konnte sich kaum zurückhalten, Cuilton die Nachricht zu überbringen. „Großer Herr, Mixcoatl hält sich weiterhin in Tepoztlan auf."

Cuilton wandte seine Aufmerksamkeit von seinen Ratsmitgliedern ab. „Es ist jetzt sechs Monate her, dass Tepoztlan erobert wurde. Ist er süchtig nach den Pilzen dieses Landes geworden
oder hat eine Frau ihm ihre Gunst geschenkt?"

Der Bote lächelte: „Eine Frau, Herr."

„Es ist nicht das erste Mal, dass Mixcoatl in einem Land, das er erobert hat, in das Bett einer Frau geführt wird."

„Es ist ein alter Brauch, um einem Volk Frieden zu bringen."

„Du sagst mir, was alle wissen. Dass die Menschen ihre Schwestern und Töchter zur Heirat anbieten, um den Frieden wiederherzustellen. Wer ist diese Frau?"

„Sie wird Schild in der Hand genannt. Man nennt diese Priesterin Chimalma."

„Eine Priesterin?"

„Ja, Herr. Sie lehrt Mixcoatl die Religion von Teotl. Mixcoatl soll diese Frau heiraten."

„Warum heiratet er nicht eine Frau aus unserem Volk? Die Tochter eines großen Kriegers oder eines Herrschers des Palastes?"

Cuilton schaute zu Zolton, der zuhörte. Dann wendete er sich erneut an den Boten.

„Verlasse uns nun. Gehe zurück nach Tepoztlan und kümmere Dich um One Reed."

Der Bote zog sich zurück, ohne Cuilton den Rücken zuzuwenden.

Zolton trat näher an Cuilton heran.

Cuilton wandte sich an Zolton: „Es ist, wie Ihr gesagt habt, Mixcoatl bleibt."

Zolton, der ein dunkelviolettes Gewand mit einem Stab in Form einer Schlange und einer verspiegelten Platte in der Mitte seiner Brust trägt, antwortete:

„Meine Boten haben mir diese Nachricht vor fünf Tagen überbracht."

Cuilton fingerte an einer goldenen Halskette um seinen Hals, als Zolton näher an ihn herantrat: „Seit Mixcoatl fort ist, seid Ihr zu Wohlstand gekommen und habt viele der Dinge erhalten, die Ihr Euch gewünscht habt."

„Ja, viele schöne und wertvolle Dinge, die ich jetzt habe", erklärte Cuilton, während er die Möbel seines Palastes und zwei Sklavinnen betrachtete, die zu Boden blickten, als er sie einen Moment lang anschaute.

Zolton fuhr fort: „Fünf Jahre lang hat Mixcoatl dafür gekämpft, das Land der Tolteken zu erweitern. Ihr habt an seiner Stelle regiert."

„Ich bin sein ältester Onkel!"

Zolton drehte sich zu den Sklaven um, die erkannten, dass sie gehen mussten. „Doch Euer Bruder und der Rat der Ältesten wählten Mixcoatl zum Herrscher."

„Der Stab der Herrschaft hätte auf mich übergehen müssen. Ich bin der Älteste."

„Er ruht neben dem Thron, bis Mixcoatl zurückkommt, um zu regieren. Mit einer Frau an seiner Seite wird er zurückkehren und bleiben. Mit der Zeit werden die Kinder den Thron erben."

„Und ich?"

„Eine Provinz regieren, eine kleine Stadt, weit weg von den Annehmlichkeiten des Palastes."

Cuilton schrie seine Verachtung heraus. „Das soll nicht mein Schicksal sein. Ich sollte über ein Königreich herrschen, nicht über einen Lehmfleck mit Hütten."

Zolton ergriff den Stab der Macht, trat neben Cuilton und reichte ihn ihm, gerade als Cuilton danach griff.

Zolton sagte schnell: „Wenn die Priesterin von Teotl als Herrin dieses Landes regiert, wird sie die Eroberungskriege beenden. Ich kenne ihre Religion. Wir werden kein Land mehr für unser Volk erobern. Keine Untertanen mehr, die Tribut zahlen oder das Land bearbeiten müssen."

„Es wurde kein Tribut aus Tepoztlan geschickt", stellte Cuilton fest.

Zolton fragte: „Wer wird den Palast und die Priester des Tempels versorgen?"

Cuilton lächelte: „Es scheint, dass das für keinen von uns gut wäre."

Zolton führte Cuilton näher an seine Entscheidung heran. „Die Priesterin möchte, dass wir Texlicapoco, unserem Gott, nur Blumen als Opfer darbringen. Großes Unglück und Schrecken wird über das Volk kommen, wenn wir unsere Opfer beenden." Zolton wandte sich an Cuilton und rief noch einmal:

„So war es vorgesehen. Ihr seid der Älteste. Wir sind Krieger. Wir erobern. Wir herrschen! Das ist der Stil der Tolteken." Cuilton umklammerte den Stab fester und nickte mit dem Kopf.

Cuilton trat nun näher an Zolton heran: „Ich werde Mixcoatl, seine Frau und jedes Kind aus ihrer Verbindung töten."

## kapitel 8

---

## GEBURT UND TOD

Mixcoatl berührte die Schulter von Chimalma. Während seine Finger ihren Arm hinunterglitten, sagte er: „Mit jedem Tag, der vergeht, dringe ich mehr in Deine Gedanken ein."

„Und ich weiß, dass ich mehr von Deinem Herzen erobert habe."

Mixcoatl berührte ein Stück der feinen Baumwollfaser, die zu Chimalmas Kleid gehörte.

„Unsere Leben sind wie die Baumwolle, die zu einem Faden verbunden ist."

Chimalma lächelte: „Wir sind vereint. Und möge der Faden lang sein. Ich wünsche mir, in Deinen Armen zu liegen und dieses Kind zur Jugend und zum Mann zu erziehen."

Chimalma legte ihre Hand schnell auf ihren Bauch: „Das Kind erwacht."

Mixcoatl legte seine Hand ebenfalls auf Chimalmas Bauch, während sie ihre Hand wegzog und sie auf seine legte.

„Das Kind ist stark." Er hielt inne und tastete nach einem Fuß: „Ein kräftiger Tritt. Ein Läufer, flink auf den Beinen", sagte Mixcoatl.

Chimalma lächelte: „Zuerst ein Kind."

Mixcoatl, der kaum gehört hat, was sie gesagt hat, rief schnell aus: „Dann Herr dieses Reiches, wie sein Vater."

Mixcoatl spitzte seine Ohren, dann stand er auf, als er Stimmen hörte. Es war Yaotl, der sich näherte.

Yaotl hielt einen Moment inne, um zu Atem zu kommen: „Herr, ich bringe dringende Nachrichten." Mixcoatl löste sich von Chimalma und stellte sich Yaotl gegenüber. Er legte seine Hand auf sein Schwert, als er die Dringlichkeit in Yaotls Gesicht sah.

„In der Nähe der Stadt mit dem Namen Zwei Kakaobäume wurden unsere Händler überfallen und getötet."

Mixcoatl schien von dieser Nachricht überrascht zu sein: „Es sind die Händler, die den Handel und den Wohlstand des Volkes ermöglichen. Alle wissen das."

Chimalma stand auf und wusste, dass diese Nachricht Mixcoatls Zorn auf sich ziehen würde: „Alle verbieten jeden Angriff auf die Händler", sagte Chimalma, ebenfalls überrascht.

Yaotl fuhr fort, während zwei andere Krieger ihm nun folgten und hinter ihm standen: „Unsere Boten haben sich der Stadt genähert. Sie erfuhren, dass es nicht die Bewohner der Stadt waren, sondern fremde Soldaten aus einem Land weit im Süden, die die
Händler angegriffen hatten."

„Und was sagt der Rat der Kaufleute dazu?", fragte Mixcoatl.

„Sie versammeln sich im Zorn und bitten Euch um Vergeltung und Schutz", erklärte Yaotl, während er nach seinem Schwert griff. Chimalma ergriff Mixcoatls Ellbogen, denn sie wusste, dass

Mixcoatl nur wenige Tage vor der Geburt ihres Kindes aufbrechen würde: „Schlage nicht überstürzt zu. Die Wahrheit ist noch nicht bekannt!"

„Herrin, Eure Heimat, Tepoztlan, hält sich an die alten Bräuche und verbietet Angriffe auf Händler und Reisende."

„So ist es. Dennoch möchte ich davor warnen, die Wahrheit zu erfahren, bevor Du zuschlägst. Lasst nicht die Unschuldigen sterben, wenn nach Gerechtigkeit gestrebt wird."

„Ich werde die Wahrheit herausfinden. Ich werde mit zweitausend Männern in die heißen Länder ziehen."

Mixcoatl trat näher an Yaotl heran: „Versammle mir die Männer, die ich brauche. Hisst das Banner des zweiköpfigen Hirsches. Wenn die Wahrheit so ist, wie Du behauptest, dann werde ich diese Diebe und Mörder des Südens finden. Schicke die Ratsmitglieder zu mir."

Yaotl: „Eure Krieger haben den Befehl erhalten, sich vorzubereiten. Ich kenne Euer Herz, mein Herr." Mixcoatl lächelte: „Du kennst mich gut, mein Freund." Yaotl verbeugte sich, denn es ist selten, dass er als Mixcoatls Freund angesprochen wird.

Yaotl ging und Mixcoatl wandte sich an Chimalma. „Es schmerzt mich, dass ich Dich gerade jetzt verlassen muss."

„Komm vor der Geburt unseres Kindes zurück. Ich wünsche mir, dass das Gesicht seines Vaters es begrüßt, wenn das Leben und das Licht ihm zum ersten Mal begegnen."

„So schnell wie der Sperling fliegt. Und sollte ich eine Wolke finden, auf der ich reiten kann, oder einen Adler, der mich an seiner Seite trägt, dann bitte ich Ometeotl, für solche Dinge zu sorgen." Mixcoatl zog Chimalma näher an sich heran und gab ihr einen langen Kuss.

„Ich werde jeden Tag auf Dich warten. Ein Mann mit einem scharfen Auge soll auf den Berg steigen und nach Deinem hochgehaltenen Banner Ausschau halten."

Achcauhtli, der oberste Ratsherr, trat mit zwei anderen Ratsmitgliedern hinter ihm ein: „Wir sind gekommen, großer Herr, um Eurem Befehl zu folgen."

Mixcoatl wandte sich mit förmlicher, strenger Stimme an die Ratsmitglieder: „Es gibt Arbeit zu erledigen, Vorräte und Männer zu versammeln. Ich muss in die heißen Länder ziehen."

Mixcoatl trat näher an Achcauhtli, den obersten Ratsherrn, heran.

„Bis ich zurückkehre, müsst Ihr für Chimalma sorgen und meine Herrin und das Kind, das sie trägt, beschützen."

Achcauhtli antwortete mit einer Verbeugung und sprach dann aus der Liebe seines Herzens für sein Volk: „Wir fühlen uns sehr geehrt, dass Ihr eine Frau aus Tepoztlan zu Eurer Frau erwählt habt. Das Volk feiert und ehrt den Namen von Mixcoatl und Chimalma."

„Ich habe Euer Land wieder aufgebaut. Niemand wurde als Sklave genommen."

Achcauhtli, der Oberste Ratsherr, berührte mit seinen Fingern den Boden und dann seine Lippen. „Alle erkennen Eure Weisheit und Eure Großzügigkeit gegenüber den Menschen an."

Mixcoatl wurde still und wendete sich mit einem besorgten

Blick an die Ratsmitglieder: „Ich habe Gerüchte gehört, dass es in

Tula Leute gibt, die sich dagegen wehren, dass meine Frau nicht zum Volk der Tolteken gehört. Ihr müsst meine Frau und mein Kind beschützen. Denn eines Tages wird das Kind mein Erbe und Euer Gebieter sein."

Achcauhtli antwortete: „Mit Euren Soldaten, die hier bleiben, und unserer Liebe zu unserem Herrn und unserer Herrin wird ihr niemand etwas antun. Alle werden sich versammeln, um sie und das Kind zu schützen."

„Seid immer auf der Hut – seid in ihrer Nähe. Lasst keinen Euch unbekannten Mann an sie heran. Kurz vor der Geburt des Kindes wird sie viel Hilfe benötigen."

„Wir hören zu und gehorchen."

Mixcoatl wandte sich Yaotl zu und zog ihn mit besorgten Augen näher zu sich heran. „Ich fühle eine große Unsicherheit in mir. Ich kann den Grund nicht erkennen."

Mixcoatl ergriff das Banner des zweiköpfigen Hirsches und legte seine Hand auf die Schulter von Yaotl. Er wandte sich an Achcauhtli und Yaotl. Mixcoatl sprach mit gesenkter Stimme: „Sollte ich in der Schlacht fallen oder mich eine Verletzung oder Krankheit ereilen", Yaotl bedeckte seine Augen, als sei dies ein Omen, das er nicht sehen oder hören wollte, „soll Chimalma den Stab hochhalten und auf dem Thron von Tula sitzen."

Die beiden anderen Ratsmitglieder traten näher und hinter

Achcauhtli, der ebenfalls mit förmlicher Stimme antwortete: „Wir hören zu, wir gehorchen." Alle Ratsmitglieder verneigten sich.

Mixcoatl brach mit Yaotl vor ihm auf, der mit dem zweiköpfigen Hirsch an der Spitze des Weges ging und sein Banner hochhielt.

kapitel 9

---

## DIE FALLE IST GESTELLT

Zolton näherte sich dem Thron von Tula, als Cuilton sich auf den Thron setzte und Zolton mit einem wissenden Blick ansah.

„Also, ist alles bereit?", fragte Cuilton, als Zolton sich zu ihm herabbeugte.

Zolton nickte mit dem Kopf, als er Cuilton den Stab der Herrschaft in die Hand drückte. „Die Söldner haben die Kaufleute getötet, als sie sich der Stadt näherten. Ein Händler konnte entkommen."

„Alle hätten sterben müssen!"

„Es heißt, er sei zurückgeeilt, weil er als letzter ankam und gesehen hat, was passiert ist."

„Das Schweigen kann nur mit seinem Tod einhergehen. Die Zunge des Händlers mag noch sprechen", antwortete Cuilton zornig.

„Zwei Söldner wurden ausgesandt, um ihm zu folgen."

„Gut", sagte Cuilton, während er aufstand, sich vom Thron abwandte und durch die Gemächer ging, immer noch den Stab der Herrschaft in der Hand.

„Ich habe den Menschen verkündet, dass Mixcoatl sie verlassen hat. Die Ausrufer auf dem Markt und an allen Versammlungsorten verkünden seine Heirat mit einer fremden Frau. Eine Priesterin, die einem anderen Gott geweiht ist. Sie murren. Sie reagieren unzufrieden." Zolton lächelte, denn er hatte die Ausrufer bereits gehört.

Zolton verbeugte sich und berührte den Boden: „Mögt Ihr den Thron niemals verlassen oder den Stab der Herrschaft niederlegen."

„Das habe ich nicht vor", antwortete Cuilton.

„Ich habe den Priestern befohlen, die täglichen Rituale nicht durchzuführen", sagte Zolton. „Den Menschen zu sagen, dass die Götter zornig werden, weil die Frau von Mixcoatl sie dazu bringen könnte, ihr Gesicht von ihrem Gott abzuwenden."

„Sie fürchten sich?", fragte Cuilton, als er näher an Zolton herantrat.

„Ja, mein Herr."

„Dann ist alles bereit. Schickt die Hebammen nach Tepotzlan, um dieser Chimalma bei der Geburt ihres ersten Kindes zu helfen. Kennen sie ihre Anweisungen?"

„Ja, Herr."

Cuiltons Augen leuchteten, als er sich sein Schicksal vorstellte, dann sprach er mit klarer Stimme: „Das Ende naht." Cuilton übergab Zolton das Gift.

„Hier. Ein paar Tropfen auf ihre Lippen und ein paar Tropfen auf ihre Brüste. Das Kind soll bei der Geburt saugen, um seinen Tod zu schmecken", sagte Zolton mit der Häme des Bösen in seinen Augen.

Zolton ergriff die Flasche und verbeugte sich erneut: „Es soll so sein, wie Ihr es wünscht, großer Herr."

Als Zolton sich umdrehen und gehen wollte, meldete sich Cuilton zu Wort: „Wenn die Hebammen eintreffen, lasst einen

Boten zu Mixcoatl schicken, der ihm mitteilt, dass seine Frau im

Kindbett gestorben ist."

Zolton antwortet: „Es soll so sein, wie Ihr sagt."

Cuilton lächelte einen Moment lang. „Wenn Mixcoatl erfährt, dass seine Frau tot ist, wird er weinen und in Einsamkeit trauern wollen. In seinem Kummer und Schmerz wird er allein sein. Das ist der Zeitpunkt, an dem die Söldner zuschlagen müssen."

„Ihr kennt ihn gut."

Cuilton, mit nüchterner Stimme: „Es war so, als sein Vater starb. Er verbarg sein Gesicht vor den anderen, vor seinen Tränen."

kapitel 10

---

## HEBAMMEN VON ZOLTON

Meztli stand neben Chimalma, ebenso wie Achcauhtli, der Oberste Ratsherr.

Als Achcauhtli die Hebammen von Tula herankommen sah, befahl er ihnen mit strenger Stimme: „Bleibt stehen, geht nicht weiter."

Fünf Frauen, Hohepriesterinnen von Texlicapoca, die als Hebammen gekleidet waren, verneigten sich und berührten die Erde. Dann blickten sie ehrerbietig zu Boden und sagten: „Herrin von Mixcoatl, Herrin von Tula, Lord Cuilton sendet Euch seine herzlichsten Grüße."

„Ihr müsst meinem Onkel für seine freundlichen Worte danken", sagte Chimalma. Chimalma betrachtete ihre Roben und die markanten Farben. „Eure Gewänder?"

Die Hebamme von Cuilton wandte ihren Blick zu Chimalma, die nun ihren Hass verbergen konnte: „Ja, Ihr wisst davon?"

„Es ist das einer Hebamme. Warum wurdet Ihr ausgewählt, diese Nachricht zu überbringen?", fragte Chimalma und warf einen kurzen Blick auf Achcauhtli.

„Lord Cuilton hat gehört, dass Ihr schwanger seid, und meine Augen bezeugen die Wahrheit dieser Worte."

„Es ist so." Chimalma lächelte mit dem Strahlen, das eine Frau hat, wenn sie von der Liebe erfüllt ist, die dem ewigen Leben entspringt. „Das Kind steht kurz vor seiner Geburt. Acht neue Monde habe ich gesehen."

„Lord Cuilton hat mich und die besten Hebammen von Tula geschickt, um sich um Euch und das Kind zu kümmern."

„Ich danke meinem Onkel für seine freundlichen Gedanken", antwortete Chimalma, „aber Ihr werdet nicht gebraucht. Denn wie Ihr seht, befinde ich mich jetzt in den Geburtskammern."

Meztli sah weder Freundlichkeit noch Mitgefühl, sondern einen gewissen ernsten Blick bei den Hebammen von Tula und antwortete: „Wir haben viele Hebammen, die bei der Geburt helfen. Ich habe viele Geburten über viele Jahre hinweg begleitet. Ihr
werdet nicht gebraucht."

„Ich verweile hier im Tempel. Alles ist bereit für das Kind", sagte Chimalma.

Meztli, die sich ihrer Gefühle gegenüber diesen Frauen ohne Liebe und Freude im Gesicht nun sicherer ist, rief: „Ihr müsst gehen."

Die Hebamme von Tula sank auf die Knie, und auch die anderen Hebammen knieten nieder: „Meine Herrin, schickt uns nicht weg. Uns wurde aufgetragen, hier zu bleiben, Euch zu dienen und Euch zu versorgen. Wir sollen die Nachricht von der Geburt des Kindes überbringen, damit ganz Tula sich freuen kann."

„Es gibt hier nichts für Euch zu tun", antwortete Chimalma, als sie die Unsicherheit in den Augen von Achcauhtli und das Misstrauen auf dem Gesicht von Meztli erblickte.

Die Hebamme von Tula rief ängstlich: „Lasst uns Wasser für den Tempel holen, Feuerholz zum Kochen oder bleiben und mit den anderen Hebammen beten. Der große Lord Cuilton wäre sehr verärgert, wenn wir nicht bleiben würden, um zu dienen. Ich

fürchte seinen Zorn, wenn wir ihn verärgern."

Chimalma spürte eine gewisse Furcht in ihrem Herzen und wusste doch, dass es ihn verärgern könnte, ein Geschenk des Onkels ihres Mannes abzulehnen. „Dann soll es so sein. Die ältere Hebamme, Meztli, wird Euch unterweisen."

Meztli trat vor und forderte die fünf Hebammen auf: „Folgt mir in Eure Zimmer."

Chimalma schrie vor Schmerz auf und setzte sich für einen Moment auf. „Die Geburt hat begonnen."

Die Hebammen von Tula wurden weggeführt. Achocauhtli, der Oberste Ratsherr, ergriff hastig das Wort, als sie gingen. „Ich finde es seltsam, dass diese Hebammen von zweihundert Kriegern aus Tula und hundert Kriegerpriestern aus Texcatlipoca eskortiert wurden."

Chimalma antwortete ebenfalls mit einiger Besorgnis: „Es ist die Religion von Tula, auch wenn ich den Gedanken verfluche."

„Warum dreihundert Krieger?", rief Achcauhtli aus: „Sie bewachen keine großen Schätze."

„In diesen Ländern herrscht Frieden. Das ist schon seltsam." Chimalma hielt einen Moment inne, dann holte sie schnell wieder Luft.

„Habt Ihr etwas gesagt?", fragte Achcauhtli und sah Chimalma an, die nach Atem rang.

Chimalma fasst sich an den Unterleib und schrie auf. „Ich glaube, dieses Kind will geboren werden."

kapitel 11

———

# PRIESTERIN VON TEXLICAPOCA

Die Hebamme von Tula wurde von dem Anführer der Kriegspriester von Texlicapoca angesprochen.

Der Krieger von Texlicapoca trat in der Nähe einer Mauer unter einen schattenspendenden Baum, als die Hebamme auf ihn zuging. Der Krieger sah sich um und sagte dann mit strenger Stimme: „Wir wurden außerhalb des Tempelgeländes einquartiert, und unsere Proteste wurden nicht berücksichtigt." Er trat näher an die Hebamme heran: „Sie haben Männer, die uns beobachten."

„Männer dürfen nicht in der Nähe des Tempels und der Priesterinnen einquartiert werden", antwortete sie. „Oder sie haben
Bedenken."

„Sie haben verlangt, dass wir unsere Waffen abgeben. Sie haben Bedenken", bemerkte er.

Die Hebamme von Cuilton schritt um den Krieger von Texlicapoca herum. Sie trat hinter ihn und legte ihr Kinn fast auf seine Schulter, während sie flüsterte: „Wenn Chimalma schreit, werden alle aufgeregt sein, alle werden eilig davonlaufen. Dann werde ich Euch brauchen."

„Ihr glaubt, die Zeit ist nah?"

„Ich habe die Geburtswehen gehört, als ich die Ratsherren verließ. Selbst jetzt ruht sie noch in den Geburtskammern. Wenn es nötig ist, werde ich einen Boten schicken, der Euch herbeiruft."

Er lächelte, denn er wusste, dass die Belohnungen, die ihm versprochen wurden, groß sind. „Ich werde mich beeilen, wenn ich gerufen werde", sagte der Krieger.

„Die Geburtskammern sind in der Nähe dessen, was man die Quellen des Lebens nennt. Dort werdet Ihr mich treffen." Sie zeigte auf ein Tor mit zwei Steinsäulen, die eine Mutter und ein Kind darstellen. „Durch dieses Tor müsst Ihr eintreten. Folgt dem pfeilgeraden Weg. Ihr werdet die Springbrunnen sehen."

„Der goldene Kelch?", fragte er und zeigte die Spitze des Kelches, während er seinen Mantel öffnete.

„Bringt den goldenen Kelch mit dem Gift und gebt mir beides zusammen. Große Geschenke sollen Euch zuteil werden, wenn wir nach Tula zurückkehren."

„Es soll geschehen, wie Ihr sagt. Ich werde Tula vor ihrem falschen Gott und der Schwäche, die Mixcoatl jetzt zeigt, schützen."

kapitel 12

---

# CHIMALMA BRINGT EIN KIND ZUR WELT

Chimalma rief: „Die Zeit ist nahe. Das Kind hat das Wasser aus mir herausgelassen."

Meztli lief zu Chimalma, um sie zu unterstützen, während sie über dem goldenen Bottich mit Wasser stand. „Alles ist bereit. Ihr müsst jetzt niederknien und Eure Arme um uns beide legen. Erlaubt Mutter Erde, das Kind aus Euch zu ziehen."

Die Hebamme von Tula trat ein, als sie Chimalma rufen hörte. „Hier bin ich, um zu helfen. Setzt mich ein, wie Ihr wollt."

Meztli blickte auf, verärgert darüber, dass sie in einem solchen Moment gestört wurden. „Ihr wurdet nicht gerufen. Warum seid

Ihr hier?"

Chimalma schrie noch einmal vor Schmerz auf.

Die Hebamme von Tula rief: „Es ist unser Brauch, bei der Geburt eines Kindes einem männlichen Kind Pfeil und Bogen oder einem weiblichen Kind Baumwolle und eine Spindel zu schenken."

„Ihr stört im Moment der Geburt. Entfernt Euch." Meztli wandte sich nun an Chimalma und sagte zu ihr: „Legt nun Eure Arme um unsere Schultern."

Chimalma umklammerte die beiden Frauen fester und schrie noch einmal auf.

„Vier Hände?"

„Ja, Mylady. Vier Hände warten darauf, das Kind aufzufangen, wenn es ins kühle Wasser eintaucht. Eine goldene Wanne, die einen großen Herrn oder eine große Dame aufnehmen soll", versicherte Meztllli.

„Ich spüre, wie das Kind mich verlässt und in diese Welt eintritt", rief Chimalma.

Meztli rief ihr nun zu: „Pressen." Dann noch einmal. „Presst noch einmal!"

Chimalma brach zusammen, während Meztli sie festhielt. Meztli half Chimalma dann in ein kleines Bett, während das Kind gewaschen und die Nabelschnur durchtrennt wurde.

„Es ist heiß – bringt mir Wasser!", rief Chimalma.

Die Hebamme von Tula eilte zu Chimalma: „Wasser für Eure Lippen, um Euren Durst zu stillen." Sie setzte einen kleinen goldenen Becher an Chimalmas Lippen.

Chimalma nickte und hob den Kopf. „Ja."

Die Hebamme von Tula schüttete etwas von dem Becher über die Brüste von Chimalma.

„Etwas Wasser, um Euren Körper zu kühlen", flüsterte die Hebamme, dann drehte sie sich um und rief Meztli zu: „Bringt das Kind, damit es an den Brüsten seiner Mutter saugen kann."

Chimalma schrie: „Mir fällt das Atmen schwer. Eine Schwäche macht sich in mir breit." Chimalma versuchte, sich aufzurichten, aber sie fiel zurück.

Meztli blickte auf: „Was ist los? Die Geburt ist natürlich verlaufen. Es gibt keine Blutungen."

Die Hebamme von Tula rief: „Ich werde die Nachgeburt an mich nehmen und sie mit Pfeil und Bogen auf einem siegreichen Schlachtfeld seines Vaters begraben."

Die Hebamme von Tula ergriff die Nachgeburt, die sich in einem Bündel befand, und ging schnell weg.

Meztli brachte das Kind zu Chimalma, hielt es aber von ihrem Körper weg, damit Chimalma das Kind sehen konnte.

Chimalma blickte auf und Meztli bemerkte eine Schwäche in ihrer Stimme. „Mein kostbarer Sohn, meine Liebe zu Dir wird nach meinem ersten Blick auf Dich ewig währen. Mein kostbarer Sohn. Wir sind auf diese Erde gekommen, um zu leben, um zu lieben, um hier für eine Weile zu verweilen." Chimalma mühte sich zu sprechen, versuchte, Worte zu finden.

„Kind meines Herzens, wisse, dass dein Körper geboren wurde, aber deine Seele gehört zu den Ungeborenen."

Chimalma hielt einen Moment inne, um Luft zu holen, sammelte ihre Kräfte, aber sie fiel zurück. „Ich werde schwächer!"

Chimalma blickte liebevoll auf ihr Kind, dann versuchte sie erneut, ihre Kräfte zu sammeln und rief dann: „Kind des Türkis und der Jade, Kind des Lebensspenders, erwache zum Leben. Sei eins mit deinem Schicksal." Chimalma fiel zurück und ihre Augen verweilten auf ihrem Kind, während sie starb.

Mixcoatl fasste sich mit beiden Händen an den Kopf und schrie auf, als sie spürte, wie der Geist von Chimalma durch sie hindurchging.

Meztli übergab das Kind an Ichtaca, die Hebamme, die ihr bei der Geburt geholfen hatte. „Bringt das Kind zu den Brunnen, damit es gewaschen wird."

Ichtaca nahm das Kind in die Arme: „Ja, Meztli", und brachte es zum Brunnen des Lebens, um es zu waschen. Das Kind wurde weggebracht.

Meztli wandte sich wieder Chimalma zu und berührte ihren Hals.

Meztli trat näher an Chimalmas Kopf heran und legte ihr Ohr an, um ihren Atem zu hören. Dann sagte sie zu sich selbst: „Das Blut des Lebens hat aufgehört zu fließen."

Meztlis Kopf fiel auf den Körper von Chimalma und sie beklagte den Verlust ihrer Herrin.

Ichtaca betrat wieder den Raum und legte den Prinzen in eine Wiege, dann trat sie zu Meztli hinüber.

Ichtaca fragte mit ungläubiger Stimme: „Sie ist tot?"

Meztli antwortete mit einem Schluchzen: „Sie atmet nicht mehr. Alles ist jetzt still und leise in ihr."

Ichtaca zeigte sich schockiert: „Wie kann das sein? Es war eine normale Geburt."

Meztli roch das Gift an Chimalmas Körper, dann das Wasser in der Tasse, schnupperte erneut und schrie auf. „Das ist Gift!" Meztli strich mit ihrer Hand über den Körper von Chimalma. Meztli rief: „Ihr Körper ist mit Gift bedeckt. Das Gift, das für diejenigen verwendet wird, die sterben wollen. Diejenigen mit Geschwüren oder schrecklichen Wunden."

Meztli stieß einen Schrei der Wut aus und zerrte an ihren Haaren. „Das ist das Werk der Hebamme von Tula. Sie wollte die

Mutter und das Kind im Tod verbinden! Nicht im Leben. Finde sie."

Ichtaca hört den Lärm von draußen und lief hinaus und dann wieder hinein.

Ichtaca schrie Meztli zu: „Die Krieger von Cuilton kommen."

Meztili sieht sich einen Moment lang unsicher um. „Sie werden das Kind töten." Zögernd packte Meztli das Kind, als wolle sie fliehen, dann erinnerte sie sich: „Da war ein totgeborenes Kind, ein lebloses Kind; liegt es dort im Raum der Sorgen?"

Ichtaca verstand: „Ja. Es ist erst zwei Stunden her."

Meztli schrie halb wahnsinnig vor Angst um den Prinzen: „Bring das totgeborene Kind hierher und lege es an die Brust von Chimalma."

Ichtaca lief hinaus und kehrte mit dem totgeborenen Kind zurück und legte es an Chimalmas Brust.

Meztli übergab den Prinzen an Ichtaca und rief ihren Befehl: „Finde den Holzfäller, der das Holz für das heilige Feuer bringt. Sage ihm, dass eine Prinzessin ein uneheliches Kind bekommen hat. Das darf niemand erfahren. Gib ihm das Kind. Sag ihm, dass er großen Reichtum erlangen wird, um für das Kind zu sorgen."

Mit angespannter, aber ernster Stimme sprach Meztli zu Ichtaca. „Niemals, niemals darfst Du von dieser Nacht sprechen."

# kapitel 13

---

## MIXCOATL – DIE LETZTE SCHLACHT

„Erlaubt mir, allein zu sein", sagte Mixcoatl, während er auf die Geräusche des Ozeans zuging, um das Schluchzen zu verbergen, das seinen Lippen im Tosen der Wellen entwich.

Fünf Männer näherten sich Mixcoatl, als er dort stand, wo das Wasser auf den Sand traf, und auf die untergehende Sonne hinausblickte.

Mixcoatl spürte die Anwesenheit von jemandem und drehte sich um, als drei Pfeile in ihn eindrangen, gerade als er zwei Krieger mit ihren Kriegskeulen auf sich zustürmen sah.

„Assassinen." Mixcoatl schrie auf, als er die Kriegskeule des ersten heranstürmenden Söldners wegschlug und sich dann nach unten schwang, um das Bein des Söldners zu durchtrennen.

Der zweite Söldner, der sich von der Seite näherte und Mixcoatl einen heftigen Schlag in den Rücken versetzte, ergriff nun das Wort. „Cuilton sagte uns, dass wir Land und viele andere Reichtümer erhalten würden, wenn wir ihm Eure Kriegskeule aushändigen."

Mixcoatl schlug ein letztes Mal zu, fiel in den Sand und bewegte sich nicht mehr.

Die Söldner nahmen die Kriegskeule von Mixcoatl an sich und hoben damit eine Grube aus, um seine Leiche zu vergraben. Sie verschwanden schnell, bevor die Soldaten von Mixcoatl begannen, nach ihm zu suchen. Ein Fischer, der sich versteckt hatte und darauf wartete, dass die Attentäter abzogen, eilte dann ungesehen auf einem Fußweg davon, als die Stimmen der Mixcoatl-Soldaten zu hören waren.

———

# GENIESST DIESEN TAG

Sie hatten alle zugesehen und zugehört, als das Stück aufgeführt wurde, und raunten nun, als es zu Ende war. Einige der Herrschaften verabschiedeten sich, um zu ihren Pflichten zurückzukehren, während anderen Wasser zu trinken gegeben wurde. Die Jugendlichen blieben sitzen, während die wenigen, die zu gehen versuchten, energisch aufgefordert wurden, zurück auf ihre Matten zu gehen.

Der Hohepriester trat nun in die Mitte der Bühne und richtete seinen Blick auf die versammelte Jugend.

Dann sprach er mit einer donnernden Stimme, die alle hören konnten: „An alle, die sich hier versammelt haben." Er streckte seinen Stab den verschiedenen Völkern im Publikum entgegen. Aus den Ländern Azcapotzalco, Xochimilco, Tlaxcala, Coyotepec, Iztapalapa, Culuacan – Ihr seid gekommen. Aus den Ländern der Acolhuas, Otomi und Tecpannecs seid Ihr gekommen. Ihr wisst nun, wie die Prophezeiungen des Buches der Tage eingetreten sind. Ihr habt erfahren, wie die Weisheit einer Frau und die alten Lehren unseres Volkes dem großen Herrscher der Tolteken zeigen würden, wie er mit Sorgfalt und Mitgefühl für das Volk regieren kann."

Er gab allen ein Zeichen, sich zu erheben und aufzustehen. „Ihr seid nun bereit, Zeugnis für die Wahrheit unseres Lebens abzulegen. Bewahrt in Eurem Herzen und in jedem Augenblick Eures Lebens die Liebe Eurer Eltern, die Liebe zu den Menschen und die Weisheit von Chimalma. Bewahrt die Geschichte, das Wissen und die Wunder von Tula. Denn das ist der Ruhm der Menschen in diesem Land."

Der alte Priester blickte in die Ferne und sah die Rauchfahnen, die von den Bergen über dem Tal von Anahuac aufstiegen. „Die Sonne hat nun ihren höchsten Punkt am Himmel erreicht. Der Herrscher von Texcoco möchte, dass Ihr diesen Tag genießen könnt. Schlemmt frischen Fisch und Ente an den Ufern der Seen. Andere möchten vielleicht dem Poesiewettbewerb in der großen Halle lauschen. Die Bibliothek ist für diejenigen geöffnet, die etwas über die Legenden unseres Volkes erfahren möchten. Und für diejenigen, die nach dem langen Sitzen einen Spaziergang machen möchten, blühen in den Gärten jetzt viele Blumen. Die Kolibris und Schmetterlinge sind ausgeflogen, um die Sonne zu begrüßen, und nachdem sie ihre Flügel gewärmt haben, besuchen sie jede Blume und jeden Baum."

Der alte Priester lächelte, als ein sehr kleiner Junge, der sich den Bauch rieb und dann auf seinen Mund deutete, nach Essen zu fragen schien. „Tamales findet Ihr in der Nähe der irdenen Öfen, die Ihr auf Eurem Weg durch die Palastanlage und die Straßen von Texcoco finden werdet. Genießt diesen Tag, dieses Leben.

Kehrt zurück, wenn die Sonne den Gipfel des Popocatepec berührt, wenn das Licht noch vom Tag gefangen gehalten wird. Kommt zurück und hört die Geschichten von One Reed, während das Schauspiel in der Kühle des Tages weitergeht. Ihr werdet die Geschichte Unseres Lieben Prinzen und seiner Liebe zu einer Frau, Xochi, erfahren, die die Blume seines Herzens und seine Gefährtin in allen Tagen seines Lebens sein sollte.

## 62

Erfahrt von der Reise nach Xochicalco und der letzten Schlacht um Tula. Dann hört, wie die letzten geheimen Lehren der Priester von Xochicalco durch eine mentale Verbindung an One Reed weitergegeben werden, während One Reed in den Bergen über den Dörfern des Otomi-Volkes sitzt, umgeben von Millionen von Schmetterlingen.

Ende

# MEINE WEBSITES

Mit fünfundvierzig Millionen Menschen mexikanischer Abstammung in den Vereinigten Staaten und einer Bevölkerung von annähernd hundertfünfzig Millionen in Mexiko können wir nicht mehr als Nischenmarkt betrachtet werden. Da ich selbst mexikanischer Amerikaner bin und Geschichte liebe, habe ich beschlossen, Romane und Theaterstücke über diese ethnische Gruppe zu schreiben, um zu unterhalten und aufzuklären.

## TOLTECBOOKS.COM

Toltec Books.com ist die Website des Autors, auf der alle Bücher des Autors, David Jacquez, vorgestellt und verkauft werden.

## MEXICA.COM

Eine informative Website, die die Geschichte, Kultur und Traditionen Mesoamerikas vermittelt. Außerdem wird die Website zur Bewahrung von Kulturgütern in Mexiko eingesetzt.

## CALIFAS.COM

Diese Website dient der Unterhaltung, Musik und Kunst.

## CETEIT.COM (Ein Gott)

Diese Website, OneGod.com, wird dazu dienen, die alte Religion Mexikos zu vermitteln. Fertigstellung im Juni 2023.

## TEOTLCALLI.COM (Haus Gottes)

Diese Website wird religiöse Dienste per Video für diejenigen anbieten, die ein neues Bewusstsein und ein tieferes Verständnis dafür erlangen möchten, wie man auf dieser schlüpfrigen Erde lebt.

# AUTORENBIOGRAFIE

Wie viele andere mexikanische Amerikaner auch, kenne ich den Südwesten der Vereinigten Staaten aus eigener Erfahrung. In meinem Fall ist es Nordkalifornien, mit vielen Reisen nach Texas und New Mexico. Zu Besuch bei einer Großfamilie. Diese Reisen vermittelten mir ein Gefühl für die Kultur, das Essen und die Musik des Südwestens.

Künftige Reisen nach Mexiko würden mich mit den indigenen Wurzeln meiner Vorfahren in Kontakt bringen.

Der geschichtliche Hintergrund der frühen Menschen in Amerika, der Olmeken, der Zivilisation von Teotihuacan und der wunderbaren Stadtstaaten, die zur Zeit der Ankunft der Europäer in der Neuen Welt die Seenregion im großen Tal von Mexiko, bekannt als Anahuac, umgaben.

Ich bin mit dem Gedanken aufgewachsen, die San Francisco Bay Area als meine Heimat zu betrachten. Das Aufwachsen in der San Francisco Bay Area in den sechziger und siebziger Jahren war ausgesprochen bemerkenswert. Ich habe die kulturelle Revolution miterlebt, als sich zu den Beatniks die Hippies gesellten. Musik, die eine ganz andere Version des Rock'n'Roll war, begann, die Massen zu begeistern. Man begann, über New-Age-Religionen und erweiterte Zustände der Realität zu sprechen und sie zu untersuchen.

Zu der Zeit, als ich die High School verließ, beschloss ich, dass das Leben als glücklicher Hippie, der die Welt bereiste, eine fantastische Möglichkeit war, das Leben in „lebendigen Farben" zu erleben.

Wenn Sie diese Geschichte von One Reed lesen, bekommen Sie vielleicht ein Gefühl dafür, wie ich aufgewachsen bin. Obgleich die Geschichte, die Sie lesen, auf einer historischen Figur basiert, die zwischen 929-980 n. Chr. in Mexiko lebte.

www.ingramcontent.com/pod-product-compliance
Lightning Source LLC
Chambersburg PA
CBHW070536130626
46555CB00003B/1458